A la Zone, le GAFFEUR

Damien Siobud

A la Zone,
le GAFFEUR

© 2020 SIOBUD, Damien
Édition : BoD – Books on Demand, 12/14 rond-point des
Champs-Élysées, 75008 Paris
Impression : BoD - Books on Demand, Norderstedt, Alle-
magne
ISBN : 9782322252497
Dépôt légal : Septembre 2020

Du même Auteur

Aux Éditions du Net :
Linou, Lila et nous, novembre 2017
Les Petits Petons et les temps suspendus, février 2018
Ma Plume à Pierrot, février 2018
Ex-time et In-time : l'humain debout, juillet 2018
Les Pensées suspendues de Dadu, septembre 2018
Où (en) suis-je ? Les Editions du net, août 2019
Les petits saints, janvier 2020

Aux Éditions Muse :
Le Post de Soissons, mai 2019
Nouvelles de caractères, juin 2019

Books on Demand :
Deux Lettres : Je t'aime ET dans la dignité, septembre 2020
Le Recueil de Pierrot, septembre 2020
Ce qu'elle veut voir, septembre 2020
A la Zone le GAFFEUR, septembre 2020

A la Zone

GO HOME !

YOUR NOT OUR FRIEND !!

Préface

Je me présente, mon surnom, c'est David.

Goliath (Nom propre « la Zone », prénom « Anatole » ou « A »), c'est ce truc avec plein de machines, d'esclaves-petits-vendeurs, d'IA (Intelligence Artificielle), de cargos pourris pollueurs, plus que toute flotte électrique ou à hydrogène mondiale, une cote en bourse et cent douze milliards de dollars dans son assiette fin 2018 (de quoi se mettre en orbite autour de la Terre le temps d'une guerre mondiale et manger de la chair humaine fraîche, malléable et utile pour tout, comme cargaison dans l'espace)… allez, par respect, appelons-le : « le GAFFEUR ».

I : en 2019, A la Zone amasse de A à Z (et nous on est comme des… on)

Bonjour,

Je m'autorise, c'est plus grave que vous croyez, monsieur A la Zone, possesseur de Goliath, site à commission, veut posséder tous les commerces et son but est d'être MAÎTRE DE L'ÉCONOMIE ! https://www.hbrfrance.fr/…/21089-A la Zone-sa-strategie-pour-…/ Il faut boycotter à vie et partager.

A la Zone vend des voitures, de TOUT, il a commencé à vendre de l'alimentaire, fait son propre moteur de recherche…

Il automatise tout, crée des machines, mais fait perdre de l'emploi.

Anatole ne veut pas payer ses taxes alors que c'est la première fortune mondiale.

Il ne fait que se lancer dans les produits locaux, c'est le monde autour d'Anatole.

Suite à la Taxe GAFFEURS, A la Zone punit les vendeurs français en majorant leurs coûts chez lui.

1-A) LA JUSTICE N'AVAIT RIEN FAIT, AU 24/01/2019, VIS A VIS DES GAFFEURS

Comment croire en LA justice de ce monde économique quand vingt-six hommes qui n'ont pas le don d'ubiquité possèdent la moitié des richesses de la planète ? La justice pourtant de notre culture occidentale voudrait qu'il y ait jugement pour non-assistance au « quart monde » en Danger !!

À l'opposé, ils étaient quarante-trois l'an dernier et LA JUSTICE N'A RIEN FAIT.

CROIRE AU POUVOIR DE L'ARGENT EST POUR MOI L'ERREUR.

L'argent est un OUTIL, pas un CONCEPT.

La JUSTICE est un CONCEPT qui devrait MAÎTRISER L'OUTIL.

« L'argent ne fait pas le bonheur, fait-il le malheur ? » MC Solaar.

IL N'EST MÊME PLUS QUESTION D'IMPÔT SUR LA FORTUNE, MAIS D'UNE LOI QUI AMENDE CET ABUS DES RICHESSES ET DES GENS.

QUAND ON A VOTÉ LA LOI CONTRE L'ESCLAVAGE, IL FAUT REVOIR NOTRE CO-PIE.

S'IL DOIT Y AVOIR MONNAIE AU XXIe siècle, elle doit être un troc d'actes JUSTES.

Comment peut-on accepter que la plus grosse fortune (cent douze milliards) soit **construite sur des commissions numériques déloyales sur le travail des autres** (Cf. : hebdomadaire Capital, « Comment monsieur A la Zone embrouille le fisc)? C'est l'essence même d'un esclavagisme.

Cela me révolte un peu que personne n'ait réellement conscience du problème. Un jour, tout le monde paiera une commission Goliath à chaque achat, sans qu'il y ait AUCUN service rendu : le client paye les 3 € de commission alors que l'ouvrier est payé 0,02 € de l'ouvrage et est en fait appauvri par cet esclavage avec un FAUX ESPOIR de gagner une clientèle : j'ai supprimé mon compte *"seller"* (vendeur) avec 98 % de satisfaits il y a sept ans, je payais des charges, monsieur A la Zone non, et je me détruisais la santé. C'était une drogue 360j/365j. Ce patron est *"insane"* (pour être gentil, traduisons par « malsain », même si ce n'est pas le sens anglais du mot), ce n'était même pas mon employeur, sauf si je cliquais sur « Vendre pour Goliath »… l'engagement et la fin des haricots, l'esclavage et sa fortune continuent de grandir à une vitesse bientôt exponentielle : il <u>règne sur la planète</u>.

Je me cite en exemple BANAL, je ne vous parle pas de moi, je vous parle pour vous, pour votre progéniture. Moi, je m'en fous un peu, je me ferai servir par un drone, et je n'ai pas d'enfant, j'ai des droits jusqu'à la fin de ma vie. **Partagez ou démerdez-vous**. Cet homme est pire qu'un vendeur d'armes, il encaisse en douce sans fréquenter ses employés dans tous les pays qui acceptent la carte bleue…

Je viens d'apprendre que ce petit malin, accusé de détruire ses invendus (depuis toujours), retourne la situation en faisant don de ses invendus à des bonnes œuvres. Ce qui n'est pas dit dans les titres de la désinformation est que ces bonnes œuvres seront uniquement au Royaume-Uni et aux États-Unis (garantissant une absence d'impôts peut-être dans ces deux pays). L'origine des invendus ne sera pas précisée, mais je doute que les articles retournent en Chine ou en Inde ou en Europe…

Son entreprise n'existe QUE depuis le 5 août 1994, donc depuis vingt-cinq ans… imaginez le potentiel de cette « entreprise », les moyens financiers et TECHNIQUES qu'elle développe, tant de pouvoir dans si peu de mains (les GAFFEURS) est dangereux….

Combien de personnes dorment dans la rue du fait, unique, de Goliath ?

PS : Je réalise que je ne dois pas être le seul, très intérieurement, à penser ce que j'écris, qu'ils et elles n'ont pas le courage, le temps, le discernement des mots, alors plutôt que de tourner en rond comme un chien qui se mord la queue, j'écris ce qui n'est pas

écrit mais ressenti par une bonne part de la planète
(petite vendeuse chez Goliath)…

Il y a aussi une évidence, les esclaves n'ont jamais pu écrire leurs pensées ou elles sont effacées, il
faut donc quelqu'un pour en prendre le temps.

1-B) 3 % DE MARGE SUR UNE AUGMENTA-
TION DES PRIX DE 3 %

L'État se décide début août à taxer Goliath. Il a
vingt-cinq ans de charges sur ventes non taxées à ré-
cupérer. Normalement Goliath a les épaules pour
payer son dû sans le répercuter sur « ses » vendeurs !

Goliath se venge, il augmente les coûts (coûts
pour afficher des articles et en faire la facturation)
pour ses petits esclaves-vendeurs de 3 %.

Belle affaire ! Les petits-vendeurs vont être
obligés d'augmenter leurs prix d'au moins 3 % et
Goliath touchera 3 % de commission de plus au minimum, l'État, lui, encore plus. À l'échelle de la
France, ce n'est pas énorme, ces nouvelles charges,
mais c'est peut-être combler un peu la dette nationale
(ou enfin assurer les urgences de ses hôpitaux dans
les règles, ou s'octroyer un jour une armée européenne).

Mais si Goliath augmente ses rentrées de
1,03 fois les marges, à partir du moment où il est taxé
à l'échelle planétaire, pour zéro service rendu, ces
marges exploseront !

C'est pourtant simple : [prix x 1,03 (prix petit
vendeur)] x commissions est la nouvelle marge de

Goliath, même en taxant à 3 % une marge augmentée de 3,03 %, il reste une plus-value sur cette « opération punition française » de 0,03 % au minimum.

Que nous n'appliquions pas ces petits chiffres aux soixante millions de Français, mais juste aux clients réels, par exemple **le nombre** de gilets jaunes en 2018, eux ne voient pas la différence, mais Anatole l'empoche. Il semblerait que les clients qui se battent contre l'Europe feraient mieux d'acheter ailleurs que chez monsieur A la Zone, car leur argent, ils le donnent à qui n'en a pas besoin : les gros qui négocient leurs emprunts avec les banques ! Y COMPRIS monsieur A la Zone, qui a quarante marques sous sa botte !!

C'est évident que tous les pays ne suivront pas le mouvement, la Chine si, elle est plus intelligente que les dictatures brésilienne et autres, que l'Inde masculine… mais cela ne se fera pas d'un bloc. Taxer les GAFFEURS, il fallait une puissance forte moins endettée que les États-Unis (120 % du PIB en 2016 selon les critères de Maastricht), une puissance forte comme l'Europe et/ou la Chine pour le faire.

Car la Chine n'est pas en reste de l'Europe et du monde, Goliath compte bien sûr faire contre elle, en faire aussi son esclave, ou faire sans elle.

Mais si la Chine taxe monsieur A la Zone, cela lui rapportera beaucoup (elle sait compter) et si elle le veut, elle fait une taxe plus chère que la France ! Ainsi, ce mauvais calcul d'Anatole fait que tous les pays ont intérêt à faire une taxe majorée pour monsieur A la Zone, que la Chine facture encore plus de charges spéciales Anatole.

Voilà où Goliath s'est pris pour Icare et va se brûler les ailes et même monsieur le président des États-Unis sera obligé de taxer Anatole.

En effet, Goliath fait avec ses propres bateaux pour l'importation. La Chine n'est pas dupe, elle perd un gros marché.

Et avec un GAFFEUR, on ne collabore pas. Elle vendra aux États-Unis par son propre réseau, ou pas ! Elle sait qu'une flotte de cargos se déplace vers un autre pays et qu'elle doit faire à sa manière, peut-être plus miser sur son propre continent, OU rendre ses bateaux obligatoires à Goliath, ou encore vendre aux États-Unis sans passer par des sites à commissions, obligatoirement plus chers du fait de ces commissions, allant jusqu'à couper les vivres à Goliath pour faire sans lui.

II : Points de vue

2-A) LA VERSION MICKY, CLIENT INTERNET, SUR UN BOYCOTT

« Oui, c'est là où c'est un problème sans solution, l'État veut que toutes ces grandes entreprises multinationales payent une taxe et eux ne veulent pas perdre d'argent, donc ils répercutent cet argent sur ceux qui n'ont pas les moyens de se défendre, c'est injuste, je suis d'accord...

*— Il faut Boycotter, Micky, **notre** pouvoir d'achat est le seul capable d'agir comme responsable, car tout est question d'argent.*

— Ouais. Je ne suis pas convaincu là-dessus... Moi, quand j'achète à monsieur A la Zone, je me dis que le préparateur de commande touche 1500 € en fin de mois et non pas 1200 € comme dans la plupart des boîtes. Par contre, j'essaie de faire en sorte que ce soit un produit Goliath et pas vendu par un vendeur indépendant qui vend chez lui, car je sais que

lui était déjà volé même avant cette augmentation de commission.

— Et à ton avis, le préparateur de monsieur A la Zone, qui fait ses articles ? Goliath n'a "que" quarante marques, le reste, ce sont des faillites du fait que tu n'achètes que des stocks de faillites. C'est sûr qu'un "faillitaire" internet, il peut se faire 1500 € en travaillant chez un charognard fabricant de charogne pour monsieur A la Zone.

— Certes, David, je suis tout à fait d'accord avec toi, mais c'est pareil partout. Quand tu fais tes courses chez Carfour, je te rassure, c'est pareil chez Le Clerc (enfin je ne sais pas si c'est rassurant, d'ailleurs), quand il embauche une nouvelle caissière, il faut qu'elle ait moins de vingt-cinq ans. Pourquoi ? Parce qu'ils font ce qu'ils appellent des contrats de professionnalisation, ce qui permet de payer la nana à 85 % du SMIC au lieu de 109.

— Tu savais que monsieur A la Zone a viré cinq (ou neuf ?) femmes uniquement parce qu'elles étaient enceintes ? C'est ça, la réalité Anatole !

— Oui, ils font pareil chez Le Clerc. Il y a même un gars qui s'est fait virer parce qu'il a dénoncé un frigo défectueux. Oui, c'est dégueulasse, mais tout le monde fait ça. C'est le triste monde du travail.

— *Oui, mais Micky, il fera non pas pareil, mais PIRE, là, il tue ceux qui l'ont fait naître, ce n'est pas comparable ! C'est un parricide ! Il tue les libraires et maintenant les petits autoentrepreneurs et saisit leurs stocks ! Ces derniers, s'ils le peuvent, doivent retirer leurs stocks de chez Anatole et ne pas prendre le risque de vendre à perte de 3 %. Ils peuvent y laisser un ou deux articles, mais tout mettre sur leur site à eux, faisant d'Anatole une bête vitrine, ce qu'elle aurait toujours dû rester.*

Tu es l'avocat du diable encore, Micky 😉 🩶*. Allez, bisous, je vais marcher un peu.*

— *Bisous mes lapins. Mais tu as raison, c'est juste que c'est un peu le pot de fer contre le pot de terre. J'ai envie de dire qui vivra verra* 😄*. Et surtout que chacun fasse selon ses convictions. Moi perso, j'achète plus avec eBay parce que parfois, les vendeurs mettent un lien sur le site marchand. Ce qui est totalement interdit avec A la Zone.*

— *Ah, là, je reconnais bien l'intelligence de Micky ! Merci* *»*

2-B) LA VERSION D'UN AMI D'AMI (CAR NOUS ASSUMONS LE SIECLE DE LA COMMUNICATION)

« Pas de problème !

Sauf articles emballages abîmés soldés, je n'achète pas chez monsieur A la Zone.

Quand on trouve un objet sur leur site, il est toujours possible de trouver le nom du fournisseur et quand j'appelle le fournisseur en direct, je paye toujours moins cher que chez monsieur A la Zone, car ils me déduisent une partie de la commission que monsieur A la Zone leur prend.

Quand j'ai acheté les rideaux de mon fourgon, ils étaient sur e-Bay, j'ai contacté directement le vendeur en Grande-Bretagne, et je les ai eus moins cher.

Pour mon taille-haies Makta chez monsieur A la Zone, je suis allé sur le site du vendeur en direct et le l'ai eu moins cher.

Quand j'ai trouvé mon chauffage d'appoint au gaz chez monsieur A la Zone, je l'ai eu moins cher chez le vendeur près de Toulouse.

C'est comme les paiements via Pay-pal, c'est toujours plus cher que par carte bancaire.

Ces sociétés se sont vite aperçues qu'avec les nouvelles technologies, l'homme est habitué à tout avoir d'un simple clic, et qu'aujourd'hui, il est un gros fainéant et aime avoir tout, tout de suite avec le moindre effort.

Exemple flagrant, tous les gilets jaunes (apparemment sans le sou) avec qui j'ai parlé achètent tout chez monsieur A la Zone plutôt que de chercher le vendeur original pour payer moins cher. Ils trouvent que le vendeur est trop long à chercher.

R. »

2-C) LA VERSION D'UN AMI DE RESEAU SOCIAL, PRO-ECONOMIE LIBERALE

« Des gens honnêtes et intelligents gênent les voleurs bêtes. Il est vrai, Jean-Charles.

— Oui, Jean-Charles, ces gens honnêtes et intelligents, car eux paient leurs charges (celles avec lesquelles on fait les routes, les écoles qui apprennent à réfléchir, à lire, compter…) sont les esclaves d'Anatole et il faut tout de suite qu'ils s'en libèrent tous, de cet irresponsable !

— Les voleurs bêtes et à la petite semaine. Et les jaloux incapables.

— Je ne suis pas jaloux de quelqu'un qui ne paie pas ses charges et essaie de vendre des objets chez Goliath, je suis sûr que tu commenceras par te prendre un crédit sur le dos, pour plus tard te faire saisir tes articles par A la zone ! Toi, tu dormiras sous les ponts pour avoir rêvé américain. Seuls ceux qui travaillent des saisies d'A la Zone en vivent, j'appelle ça des charognards. Pour le reste, ceux qui achètent la charogne d'Anatole, leurs enfants hériteront de ce qui leur revient : un monde où il n'y a (déjà) plus de rêve américain possible.

Si tu rêves de monopole, il n'y a la place que pour un : A la Zone. Si tu as un souci comme employé, ne cherche pas chez les Prud'hommes, c'est une structure pour qui paie ses taxes.

Enfin si tu as un gosse, rêve pas d'un congé parental, comme femme, déjà, t'es virée !

Si tu rêves américain : SAUTE LE MUR !

On ne peut pas avoir le beurre et l'argent du beurre, à moins que tu ne le voles comme Goliath !

Vas-y, inscris toi chez les masos, moi, j'ai donné https://seller-centrale.alazone.fr/ap/signin?

Pas de souci, il n'y a pas de colère. Juste... des réalités.

Cent douze milliards volés, c'est tout et pourtant si simple : vingt-cinq ans d'arriérés de taxes impayées. Tout ça parce qu'A la Zone est "too big to be taxed".

— *David, mais qui te met le couteau sous la gorge pour travailler chez A la Zone ? Qui t'oblige à t'endetter chez A la Zone ? Personne, que je sache. Et qu'ils refusent de se faire voler par l'État français et l'Union européenne pour qu'ils engraissent les politiciens et les migrants, personnellement, ça ne me dérange pas. Et quand je ne peux pas acheter, je n'achète pas. Point à la ligne. Je ne fais jamais de crédits. Je vais jusqu'à refuser de me faire voler par les banques. Je n'ai pas de compte. Mon épouse en a un et on casque assez pour des escrocs inutiles. Cela fait plus de quinze ans que je refuse d'avoir un compte bancaire personnel. J'en avais pour les entreprises uniquement, pas personnel. Alors les conneries et la manipulation intellectuelle des "merdias" ou de la société imbécile, cela ne fonctionne pas du tout. Simple.*

— *"Les voleurs bêtes et à la petite semaine. Et les jaloux incapables." Des actions chez T., c'est comme être banquier "A la Zone the national American Bank".*

Ça au moins, c'est clair. Et le sujet, c'est que Goliath va remplacer tous ceux qui t'exploitaient pour t'exploiter plus sec ?

La question des migrants, même si elle est liée aux impôts, quoi que ces migrants nous enrichissent, n'a rien à voir avec les GAFFEURS.

Tu fais bien, Jean-Charles, moi, je ne peux pas, ma femme est sous protection judiciaire et, justement, je ne me suis pas endetté chez qui que ce soit, c'est bien là mon message, quittez avant qu'A la Zone ne vous bouffe, et ne dépensez, comme toi, Jean-Charles, que si vous avez des besoins. Amitiés. »

III- Concrètement, le rendement

3-A) CELA DEVAIT ETRE LE PREMIER NOEL OU JE VENDAIS CHEZ GOLIATH

		abonnen	fournitures (+essence)	charges (sur CA)	ss total
OCTOBRE	sellercentral-europe.ai	-39	-30,68	-92,2285	-161,9085
NOVEMBRE	sellercentral-europe.ai	-39	-335,08	-277,2354	-651,3154
DECEMBRE	sellercentral-europe.ai	-39	-18,62	-256,445735	-314,065735
4ième trimestre 2010	-794,4405	-117	-384,38	-625,909635	-1127,289635

recettes	bénéfices	RENDEMENT % DU CA	CA
173,24415	11,3357		709,45
531,10569	-120,21		2132,58
482,42265	168,357		1972,6595
1186,77249	59,4829	1,235445	4814,6895
			dont 1722,49€ de CA pour la poste

J'ai retrouvé cette capture d'écran sur un de mes disques durs, c'était en 2010, j'avais commencé les ventes sur mon site en juin 2009. C'était le premier quatrième trimestre où je vendais sur le site d'Anatole. J'étais censé faire la moitié de mon bénéfice de l'année 2010, en fait, cela a été 59,48 € de bénéfice avec un chiffre d'affaires de 4814,69 €, donc un rendement de 1,23 %. Cela reste à vérifier, mais ce chiffre à gauche, dans la colonne *"seller-centrale…"*, 794,44 €, serait sans doute la commission qu'avait touché Goliath sur MON travail avec ses petits *"computers"* qui prennent moins de place que 4 000 € de stock, au minimum, servent à « n+1 » clients, alors que moi, je devais investir dans un ordinateur à 1 200 €, une imprimante laser et ceci en double pour ne pas risquer de perdre mes 100 % de satisfaits.

Je n'aurais vendu que chez Goliath, je ne faisais pas les 300 € de marge cette année-là, RSI (charges à l'URSSAF) payées. Sur mon site, je facturais au client en moyenne deux fois le prix hors taxe des objets et faisais des frais de ports dégressifs à nuls sans que personne ne m'en ait jamais soufflé l'idée, j'étais donc dans les premiers en France à suivre ce concept sur le *net,* époque où, je le croyais, quelque chose était encore possible sans s'endetter.

Mais déjà, Goliath nous prenait tous nos clients de petits jouets pas chers, mais pourtant pas de pacotille ou de kermesse.

Mon panier moyen chez monsieur A la Zone était peut-être de 8 à 10 €, sur mon site de 9 à 30 €, mais avec parfois tous les frais de port à ma charge (un minimum de 3 à 5,50 €).

Il faut savoir que pour espérer vendre chez Anatole, c'est-à-dire pour **être proposé par défaut chez lui**, il faut avoir dans sa vitrine les plus gros stocks à chaque article, et être le moins cher. Vous comprenez pourquoi il est facile de s'endetter, d'abord par un paiement en trois fois chez votre grossiste, puis à la banque.

Ainsi, en laissant faire ceci, l'État a gonflé l'économie de production. Maintenant de gros chiffres d'affaires taxés, tous bénéfices pour Goliath qui, au lieu de quatre articles, en vendait cinq, les deux sont gagnants.

Sur votre propre site, il suffit de beaucoup et bien travailler, à la présentation, au référencement et il est moins affaire de gros (énormes) sous.

Sur internet, c'est, ou du moins, c'était, avec internet, le moteur de recherche, par son algorithme, qui « voit » ce que le client préfère, pas spécifiquement les capitaux en jeux. Alors il les montre en priorité, sur ses pages.

Quand on peut être un petit vendeur à facturer l'huile de coude, et plus nombreux sur le *net,* les deux économies, celle, non écologique, de la construction de machines sur mesure et celle d'enrayement du chômage forcé se déséquilibrent — surtout quand les machines sont conçues à l'étranger, donc de manière non locale — ET IL EST GRAND TEMPS DE TAXER LE « GAFFEUR ».

Il est d'autant plus urgent de le taxer que ses articles sont de moins en moins produits dans notre pays. Ayant donné l'envol, de volonté politique en France, d'échanges et de commerce avec la Chine en 2010, l'affaire est close ; il reste au petit vendeur à être créatif, comme avec l'idée de faire des frais de port dégressifs, ou un site moins froid, encore plus pratique et esthétique que celui de Goliath.

Le nouveau concept actuel est de favoriser le commerce internet local, et TANT MIEUX pour l'écologie, la logistique, le bon sens. Avec une population de plus en plus érudite, parfois vieillissante ou handicapée, internet, pour la pluralité des possibilités, peut avoir un intérêt majeur. D'ailleurs, qui vous dit que vous aurez votre véhicule personnel en 2030 si c'est le professionnel qui prend l'assurance et les risques à charge sur le trajet des courses redondantes, par exemple ?

Taxer les GAFFEURS, c'est aussi pousser à l'emploi local, et pourquoi pas le financer (par des aides à la création d'entreprise, sites internet communaux…), redonner leur chance aux petits e-commerçants que pénalisait monsieur A la Zone avec ses 3 % d'augmentation.

3-B) JE REALISE HUIT ANS ET DEMI APRES

Je réalise huit ans et demi après que Goliath devait se faire un peu moins de **16,5 % de marge contre moi 1,23 % et en plus sur MES CAPITAUX !**

Il se faisait « des couilles en or », comme aurait dit mon père, lui sans transpirer, moi avec des sueurs de jour comme de nuit (froides), avec la peur d'une erreur de stocks en ayant des stocks chez Goliath (virtuels) comme chez moi, sur mon site (le tout, physique, pas virtuel). En 2012, mon site démarrait enfin un peu plus, mais une erreur de l'administration me forçait à arrêter, revendre pour 3000 € mes jouets comme beaux jouets de kermesse : c'est flagrant que cette école a dû avoir une belle fête, moi, j'étais sur les genoux, avec 6000 € DE DETTE INJUSTIFIÉE À L'ÉTAT et n'ai pu assister à cette kermesse. La personne de l'administration s'est bêtement excusée. Elle touchait bien plus que moi, comme curatelle de ma conjointe, elle connaissait mes revenus (pour les avoir déclarés au chiffre d'affaires, pas au réel).

Madame Lovel nous quittait pour un congé maternité, quelques années plus tard nous découvrions qu'elle se faisait virer deux ans après ma mésaventure. Deux ans après, en effet, c'était la période où je finissais de rembourser les 6000 € (négociés à 4000 €).

Je n'aurais pas travaillé à 1,23 % de rendement chez Goliath, il n'y avait pas ou peu d'indu du fait de l'erreur de la mandatée judiciaire de ma conjointe qui avait souhaité déclarer nos impôts ensemble.

Sans ces inepties — Goliath et madame Lovel —, j'aurais vendu non pas ma collection de jouets, mais des articles de quatre grossistes différents et en bois.

IV – Tout va pour le mieux (dans le meilleur des mondes)

Lettre à un ami :

Beaucoup (trop) de monde pense (bien) comme toi DE PEUR DE SE FAIRE ACCUSER DE JALOUSIE. C'est trop facile de faire comme si tous ceux qui ont de l'argent l'avaient gagné à la sueur de leur front ou au glucose de leur matière grise. Les petits millionnaires peuvent avoir beaucoup bossé et mérité leur paye, ça, c'est évident, et qu'ils redistribuent une part de leur succès, quelque part, à leur clientèle, au contraire, mais je t'envoie mon dernier livre... Si l'humain est un animal social, certains font partie d'une tribu d'orques à trop d'appétit, je préfère le dauphin, qui mange moins et est encore plus sociable et surprenant que l'homme (et l'orque).

Au milieu de cette démesure (EN QUARANTE ANS, LES GRANDS PATRONS AMÉRICAINS SE SONT AUGMENTÉS DE PLUS DE 900 %. Employés = + 12 % !), je n'imagine pas ces derniers ne pas mesurer ce qu'ils « offrent ».

Enfin, tout va pour le mieux dans le meilleur des mondes. Alors à moi de faire de l'humour :

AUJOURD'HUI, TOUT VA TELLEMENT VITE, TU N'AS MÊME PAS LE TEMPS D'EN AVOIR RIEN À FOUTRE D'UN TRUC QU'IL FAUT DÉJÀ EN AVOIR RIEN À FOUTRE DU SUIVANT.

À QUELQUE CHOSE
MALHEUR EST BON

Maintenant, j'ai l'âge d'une toute petite prére-traite que je ne prends pas, je préfère écrire et vendre mes livres, voire vendre ma collection, plutôt que reprendre pour Anatole :

À QUELQUE CHOSE MALHEUR EST BON !

Goliath est implanté dans le Nord et ailleurs en France, (sur des terrains presque offerts par les communes) une raison de plus de ne pas entrer en guerre avec les États-Unis, ni pour nous ni pour eux. La mondialisation a ses avantages, si c'est de « ne pas se prendre une bombe atomique sur la tronche », elle m'intéresse.

Goliath est un site qui, pour le gérer, maintenant, demande l'équivalence des compétences d'un pilote de ligne, pour en fait rembourser des crédits et avoir un rendement zéro pour soi, 3 % pour la banque aussi, peut-être. Je n'ai aucun regret d'avoir arrêté avant les taxes et suis content qu'il y ait cette taxe exemplaire : juste pour les autres vendeurs qui vendront mieux sur leur site. En Europe, Goggle sera un jour taxé et concurrencé par d'autres moteurs comme Quant ou Yaoo. Les retraites seront solvables sans augmenter l'âge de départ. Les gilets jaunes auront appris à vivre avec leurs moyens mais pas au-dessus, comme le reste des Français.

On fera, si on est intelligent, des gosses pas pour les avantages de la CAF, mais pour le bonheur des enfants. « On n'aura pas besoin de chercher la virgule » : deux « drôles » par couple sera assez responsable et moins source d'ennuis, les aînés n'auront pas à élever les petits.

Un jour peut-être n'aurons-nous plus besoin de sectes qui réussissent, même pas besoin d'argent non plus (?!)

Merci, T., pour ton combat contre l'alcool français, nous, nous boirons moins de whisky + Coca et cela fera moins de dégâts, de féminicides !

Notre chat de deux ans s'est fait la malle le 30 mai de cette année, il n'est pas castré, il est grand et autonome, mène peut-être sa vie de chat ailleurs, ou nous reviendra.

En attendant, ma conjointe est en préretraite, NOUS SOMMES BIEN ENSEMBLE CHEZ NOUS, **VIVE LA LIBERTE ! La même pour tous !!**

Postface

Les histoires de la vie, si elles sont bien vécues, sont à elles seules des romans.

Damien SIOBUD

Nota bene : Toute ressemblance avec une personne, entité, personnalité existante est de votre propre interprétation et n'engage que votre imaginaire, Damien SIOBUD n'a fait que romancer une partie de vie.

Remerciements

Merci à mes collaborateurs anonymes d'un réseau social et surtout un Grand MERCI À Sandrine Marcelly, la relectrice-correctrice professionnelle avec qui j'ai toujours travaillé, sans qui mon style d'écriture ne serait pas aussi « finalisé ».

Merci à ma conjointe, qui, comprenant mon besoin d'écriture, me laisse travailler de jour comme de nuits, dans notre salle de vie commune, entre elle et les passants qui frôlent le bâtiment.

Échanges post scriptum

« Bonjour Alaïs, puis-je vous demander un petit renseignement ? Ce livret que j'hésite à faire publier peut-il être source d'ennuis ?

Bonne lecture, bonne journée,

Damien SIOBUD.

— Bonjour, Malheureusement je ne dispense pas de conseil juridique, il vous serait plus utile de demander à un avocat, ou à un étudiant en droit (pourquoi pas). Ce texte a été écrit de façon à être raconté à mon sens, et non lu. Attention, quelques coquilles s'y cachent. Regardez donc les conférences gesticulées, je verrais vraiment votre expérience racontée sous ce prisme. https://conferences-gesticulees.net/une-conference-gesticulee/

Bien à vous,

Alaïs.

— Merci Alaïs.

Je comprends ce que vous voulez dire, mais je n'ai jamais cherché à être conforme, au contraire, je crée mon style, c'est d'ailleurs là où mon rôle est celui d'écrivain que je veux authentique : je Défends ici une cause, celle des petits vendeurs, pas une cause politique mais un cas particulier, car je ne crois pas à un idéal politique. L'idée n'est pas de se sacrifier pour un idéal, juste d'être vrai dans un livre que je voudrais sans étiquette.

La forme calculée est dégrossie, elle donne juste une part réelle avec le tableau du quatrième trimestre 2010. N'hésitez pas à me dire si quelques coquilles enlèvent la cohérence de cette "fiction témoignée", n'ayant pas le droit de citer de marques.

Merci pour votre attention et lecture.

Bien à vous,

Damien.

— Vous avez bien raison !

Non, c'étaient juste quelques fautes, mais il n'y a pas de souci en ce qui concerne la compréhension. Peut-être plus approfondir "l'état des lieux" au début. :) Bonne continuation.

—

Merci Alaïs

Je suis partisan de l'effort de lecture.

— C'est-à-dire ?

— Juste que je ne souhaite pas tout développer d'un sujet et en faire une soupe à avaler et digérer. J'aime que le lecteur s'implique et fasse du livre le sien. Amicalement,

Damien. »

« Bonjour Sylvia,

Si je comprends bien, vous découvrez A la Zone ? Qu'avez-vous pensé de cet écrit, est-il assez compréhensible ?

Bonne journée,

Damien.

— Bonjour Damien,

Il est très clair !!

Et, oui, je découvre.

— Super ! En effet, trop de clients commandent sans savoir ce qu'il y a derrière un site, un commerce, l'idée était bien là, l'approche et la première découverte. Je ne voudrais pas faire un best-seller, ce serait trop d'embêtements, car de changements pour moi, petit homme (d'un mètre quatre-vingt-cinq… 118 kg). Merci, Sylvia.

— De rien 😊

Bonne soirée,

Sylvia. »

ANNEXE

V. Je suis « furax », on refuse à ma nièce ses commentaires sur A LA ZONE après achat. Seul un, « sans intérêt », lui a été accepté.

1.

De : A la Zone Reviews <no-reply@alazone.fr>
Date: mar. 27 août 2019 à 20:14
Subject: Votre commentaire sur Lila, Linou et Nous n'a pas pu être posté sur A la Zone
To: <janna.hardi72200@gmail.com>

Merci de nous avoir envoyé vos commentaires client.

Merci de nous avoir envoyé des commentaires client sur A la Zone. Après un examen approfondi des données envoyées, votre commentaire n'a pas pu être posté sur le site Web. Nous apprécions le fait que vous ayez pris du temps pour nous envoyer vos commentaires, mais nous vous rappelons que les commentaires doivent respecter les règles suivantes :
http://www.alazone.fr/review-guidelines

 ★★★★★ par Janna le 23 août 2019

Je n'ai pas trouvé plus à l'image du livre que cette capture d'écran

Bon départ pour un livre à longueur idéale, un échange pro et à sensibilité entre une cliente et un vendeur à vocation. Le roman enchaîne d'îlots en îlots avec de bonnes illustrations. Mais je n'en dis pas plus roman surprenant de grande sensibilité, presque celle d'un enfant

2.

De : **A la Zone Reviews** <no-reply@alazone.fr>
Date: dim. 25 août 2019 à 14:15
Subject: Votre commentaire sur Les Pensees Suspendues de Dadu n'a pas pu être posté sur A la Zone
To: <janna.hardi72200@gmail.com>

Merci de nous avoir envoyé vos commentaires client.

Merci de nous avoir envoyé des commentaires client sur A la Zone. Après un
examen approfondi des données envoyées, votre commentaire n'a pas pu être posté
sur le site Web. Nous apprécions le fait que vous ayez pris du temps pour nous
envoyer vos commentaires, mais nous vous rappelons que les commentaires
doivent respecter les règles suivantes :
http://www.alazone.fr/review-guidelines

 ★★★★★ par Janna le 23 août 2019

**Acheté pour voir des annales de bac ... un vrai plaisir d'ouvertures sur le
monde!**

U-mour DADU, m'a tout l'air d'un drôle d'homme qui ne se laisse pas
imposer les façons de percevoir le monde

3.

De : A la Zone Reviews <no-reply@alazone.fr>
Date : dim. 25 août 2019 à 14:05
Subject: Merci pour votre commentaire de Les petits petons sur A la Zone
To : <Janna.hardi72200@gmail.com>

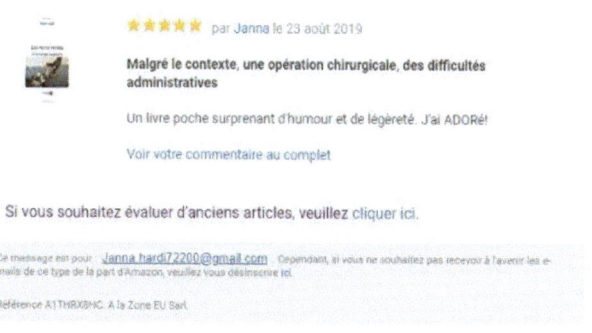

Merci Hardi,

Votre dernier commentaire client est en ligne sur A la Zone. Comme des millions de clients sur A la zone, nous apprécions que vous ayez pris le temps de partager votre expérience au sujet de cet article.

★★★★★ par Janna le 23 août 2019

Malgré le contexte, une opération chirurgicale, des difficultés administratives

Un livre poche surprenant d'humour et de légèreté. J'ai ADORé!

Voir votre commentaire au complet

Si vous souhaitez évaluer d'anciens articles, veuillez cliquer ici.

Ce message est pour : Janna.hardi72200@gmail.com . Cependant, si vous ne souhaitez pas recevoir à l'avenir les e-mails de ce type de la part d'Amazon, veuillez vous désinscrire ici.

Référence A1THRX9NC. A la Zone EU Sarl.

« Je comprends ta réaction, mais tu inverses mon propos. Les commentaires en question étaient dirigés vers A LA ZONE et non vers toi….

— Dans les deux livres plus haut (1. et 2.), je suppose que Janna signifiait peut-être que le nombre d'étoiles n'a pas de sens au regard de la critique ? À plus, V.

Enfin, tout cela m'a l'air absurde, à quoi sert un commentaire s'il est très incomplet…

— Ok, j'ai compris….. 😊 👍

Je te souhaite une bonne nuit, Damien.

— Bonne nuit, V. »

Table des matières

© 2020 SIOBUD, Damien

Édition : BoD – Books on Demand, 12/14 rond-point des
Champs-Élysées, 75008 Paris

Impression : BoD - Books on Demand, Norderstedt, Alle-
magne

ISBN : 9782322252497

Dépôt légal : Septembre 2020